# 如果我们的语言是威士忌

村上春树 著

村上阳子 摄影

林少华 译

上海译文出版社

# 目录

# 前　言

任何旅行都多多少少有一个类似主题的东西。去四国时每天拼死拼活吃乌冬面，在新潟则大白天起就大喝特喝香醇爽口的清酒，去北海道的目的在于看数量尽可能多的羊群，横穿美国大陆是为了吃数不胜数的薄煎饼（我就是想狠狠吃一回那玩意儿），在托斯卡纳①和那帕谷②是往胃袋灌进量大得足以使人生观发生变化的美味葡萄酒，而在德国和中国，不知何故竟转动物园转个没完。

此次苏格兰和爱尔兰之行的主题是威士忌。先去苏格兰的艾雷岛痛痛快快品味名闻遐迩的单一麦芽威士忌，再去爱尔兰走村串镇欣赏爱尔兰威士忌。很多人（当然都是爱喝酒的）都夸说这主意实在妙极。

说实话，原来只打算夫妻两人用两周时间悠然自得地来一

次私人性质的爱尔兰之旅，但偏巧受托写威士忌方面的文章，加之地点正合适，于是灵机一动：那么就以威士忌为主题好了。漫无目的到处闲逛诚然自得其乐，但从经验上说，还是某种程度上带着目的更能使旅行顺理成章。这样，我决定从个人角度请人介绍当地酿酒厂的人士，同他们交谈，参观生产威士忌的工艺流程。所到之处会见当地人、听他们的故事的确不坏，再说过去我就特别喜欢参观工厂什么的。

旅行非常愉快，一路顺利，基本没发生什么麻烦事，这对我是不常有的。问题只有两点。一是虽时值6月，却冷得要命，所带衣服根本不足以御寒（人们都说气候反常）。二是两周时间无论如何都不够。真想这里那里多转转，黑啤和威士忌一直喝下去。这是我和妻的共同想法。只是，大凡事情都有退潮的时候。

返回日本，我看着妻拍摄的照片写了这两篇文章。这些随笔连同照片一起在杂志上发表之后，我打算日后收进游记，便

---

① 意大利的区名。佛罗伦萨即为托斯卡纳的区首府。——译注，下同。
② 美国加利福尼亚的葡萄酒产地。

扔在了一边。可是随着时间的推移，却发觉它无法和其他游记融合，毕竟主题太鲜明了，同其他文章放在一起，也许这部分会独自浮游出来。

由于这个原因，尽管文章篇幅不长（即使再加进两篇也没多长），但我还是决定只稍作修补，连照片一起弄成"散发威士忌味儿的旅游小书"。我也作出了努力，争取把我在旅途中品尝到的各具特色的威士忌的风味、其令人意犹未尽的口感以及在那里认识的"沁入威士忌"的人们的印象完整地转换成文字形式。书诚然不足为道，但您读后（哪怕您滴酒不沾）若能产生"啊，是啊，真想一个人跑去远处什么地方，喝一口那里的美味威士忌"那样的心情，作为作者就喜出望外了。

如果我们的语言是威士忌，当然就不必费此操办了。只要我默默递出酒杯、您接过静静送入喉咙即可，非常简单非常亲密非常准确。然而遗憾的是，我们居住在语言终究是语言、也只能是语言的世界里，我们只能将所有事物置换成另一种不带酒意的东西才能表达出来，我们只能生活在这一局限性之中。不过也有例外——我们的语言有时会在稍纵即逝的幸福瞬间变

成威士忌，而我们——至少我——总是梦见那一瞬间：如果我

们的语言是威士忌……

苏格兰

艾雷岛。
单一麦芽威士忌圣地巡礼

打开地图，可以发现苏格兰西海岸和东海岸截然不同，东海岸的海岸线光秃秃了无情趣，而西海岸则点缀着各式各样形状迷人的岛屿，犹如天上有人兴冲冲地挥笔洒落墨滴一般，艾雷岛即是其中一滴。

岛不很大，或者不如说相当小，贴在爱尔兰北侧，写为ISLAY，读作艾雷。岛的西面什么也没有，冲刷着海岸的大西洋无限铺展开去，大西洋对面就是美国了。当地人脸上一本正经地说"晴天能从山顶望见纽约"，但那当然是胡扯，即使爬上全岛最高的山顶，目力所及也只能是茫茫的大海、水平线、天空和目不斜视地急匆匆飞往某处的冷漠的灰云。

特意来艾雷岛的游客为数不多，一来这里没有一处堪称"名胜"的景点，二来除掉几个夏季的幸福月份（无论什么都有幸福的例外），气候即使出于恭维也很难说富有吸引力。冬季总之就是雨多，由于从墨西哥远路而来的海流的关系，雪虽然不常下，但风相当厉害，阴冷阴冷的，海发疯似的狂躁不安，从格拉斯哥飞来的双引擎螺旋桨飞机像麦克白①悒郁的心一般摇摆不定。

不过，还真有不少人特意在此恶劣季节跑来这荒僻的海岛。他们独自赶来，租一间别墅，不受任何人打扰地静静看书，把气味好闻的泥炭 (peat) 放进火炉，用低音量听威瓦尔第的磁带，在茶几上放一瓶高档威士忌和一个玻璃杯，拔掉电话线。眼睛追逐文字追得累了，便合起书放在膝头，扬起脸，侧耳倾听涛声雨声风声。也就是说，他们是无条件地接受坏季节并加以把玩。这确乎像英国人的人生享受方式，或许。

在黄昏时分的餐馆一角，我发现一个五十几岁的游客模样的男子独自在桌旁看着海静静进食。当地人贴在我的耳畔小声告诉我："那人就是全国有名的电视评论员，他来这里是为了一个人怔怔地放松一下，所以我们决不打招呼。"

---

① 莎士比亚悲剧《麦克白》中的主人公、武将。

苏格兰 艾雷岛海边牧场

顺便说一句，岛上的饭菜相当够味道。餐馆数量固然不多，但无论哪家都能吃到岛上新鲜美味的海产品和新鲜美味的肉。

另外，观鸟爱好者也从全国各地赶来这里。一到冬天，成群结队的野鸭从加拿大飞到岛上等待春天的到来，其他各种各样的鸟在小岛丰饶的自然环境中悠然自得地垒窝筑巢，生儿育女。真正的观鸟者类似虔诚的苦行宗教信徒，喜欢选择恶劣的季节和严酷的气候作为考验自己毅力的良机。所以，岛上的旅馆 ※ 即使淡季也能吸引数量上还过得去的客人。岛上不光有鸟，还有很多海豹以及长着漂亮长角的大鹿 (antler)，前来观看这些动物私生活的人也为数不少。

不过一般说来，艾雷岛之所以声名远播，原因并不在于其隐士遁世一般的风土，也不在于飞禽走兽的数量和种类之多，而在于这里生产的威士忌的香醇，一如古巴以雪茄闻名、底特律以汽车闻名、阿纳海姆以迪斯尼乐园闻名。

※ 岛上旅馆和别墅加起来有十四家住宿设施。我们曾住在一家小别墅吃那里的晚饭，食谱有"鳟鱼香草奶酪香肠"、"金枪鱼色拉"、"面包布丁"，十分质朴可口。餐厅酒吧里有大约四百种单一麦芽威士忌，简直眼花缭乱。天堂！——原注。下同

有本书上这样写道：Islay and whisky come almost as smoothly off the tongue as Scotch and water. 翻译过来就是："提起艾雷和威士忌，就像说苏格兰和水那样容易一起脱口而出。"另一本书上写道："对于嗜好艾雷威士忌的狂热酒迷来说，提起艾雷的单一麦芽威士忌，就像遇上教祖难得的神谕一样。"

说实话，我大老远跑到这位于苏格兰边缘的海岛来，也是为了品尝久负盛名的单一麦芽威士忌。说得夸张些，或许该称为威士忌圣地巡礼。

至于何以在苏格兰许许多多的岛中唯独这座艾雷小岛成为单一麦芽威士忌"圣地"，何以其微不足道的人口 ※ 占了大英帝国年收入的大百分比，还没有一种定论能够对这种状况的形成给予回答，但最主要的原因，大约在于这座岛距爱尔兰最近。

最先酿出威士忌的是爱尔兰人。现在爱尔兰威士忌的确成了躲在苏格兰威士忌阴影里的二流角色，但在过去（19 世纪 20

※ 同时下大多数岛屿一样，艾雷岛也为人口过少而苦恼。年轻人去本土求职，想上好的学校也只能去格拉斯哥，因此人口持续减少。曾达到一万人的人口，如今已减至三千八百人。

如果我们的语言是威士忌    *17*

年代之前），提起威士忌即指爱尔兰的特产。威士忌生产技术由爱尔兰逐渐传往苏格兰是 15 世纪的事，在这一过程中，在赫布里底群岛中也算接近爱尔兰的艾雷岛最先引进其技术也就没什么不可思议的了。另外在艾雷岛上，生产优质威士忌所需的原料无不绰绰有余：大麦、好水，以及 peat（泥炭）。

不过，由于大量生产谷粒需要更为广阔的土地，所以艾雷岛未能成为威士忌生产的中心地。艾雷岛专产所谓"单一麦芽"威士忌，主要卖给本土"苏格兰"威士忌厂家作为调配原料（！）使用。这种体制 ※ 存续了很长时间，"Johnnie Walker"、"CuttySark"、"White horse"等名牌都是这种混合威士忌。据说在数千种混合苏格兰威士忌当中，没有添加艾雷岛单一麦芽的不超过十种。

由于这个缘故，艾雷岛单一麦芽的名称很少有走上前台的机会，如同日本的本地酒只有本地人和少数爱好者悄悄品尝一样。但近来情况变了，单一麦芽威士忌在世界范围内迅速受到

※ 您想必知道，所谓苏格兰威士忌，是由单一麦芽（完全来自发芽的大麦）和蒸馏其他谷物取得的"谷粒"混合而成的。艾雷岛生产的几乎全都是单一麦芽。

喜爱，艾雷岛亦随之广为人知。

个性 (personality) 鲜明，可以根据香味判断产地，这也是单一麦芽威士忌的一个绝妙特征，苏格兰威士忌则做不到这一点。单一麦芽威士忌世界一如葡萄酒，绝对存在个性这个东西（不难想象，那也可以成为磨练技艺的温床）。所以，苏格兰威士忌可以放冰，但单一麦芽威士忌则不可以，道理同红葡萄酒不能冰镇一样，因为那一来宝贝香味就消失了。艾雷岛的单一麦芽威士忌拥有许多铁杆拥戴者，怪味固然有，但那怪味的确是怪玩意儿，一旦喜欢上了就甭想离开。

出于好奇心，我逮住岛上居民这个那个问了不少：你天天都喝单一麦芽威士忌么？ Yes（理所当然嘛）。不怎么喝啤酒？Yes（那还用说）。普通的混合威士忌——即苏格兰威士忌——也不喝么？

每当我这么问时，对方就现出不无惊讶的神色。那表情打个比方说，就像快结婚的妹妹被人拐弯抹角地挑剔容貌和品行。"当然不喝！"他回答。

"好喝的艾雷单一麦芽威士忌就在旁边，何苦特意喝哪家子

波摩的邮局

混合威士忌？那岂不等于天使正要下凡来演奏美妙音乐，你却打开了电视的重播节目？"

这个不叫神谕又能叫什么呢？

艾雷岛共有七家酒厂。我在当地一间酒馆同时喝了这七种单一麦芽威士忌加以比较。我把酒杯排成一列，由左往右逐一品尝。那是 6 月间一个晴得开心的午后，午后一点。

或许不用再说了，那的确是一生中不会有很多次的幸福体验。

若将在此品尝的艾雷威士忌按"有怪味"的顺序排列起来，大体如下：

1. 阿贝（Ardbeg）（二十年，1979 年出厂）

2. 乐加维林 (Lagavulin)（十六年）

3. 拉弗格 (Laphroaig)（十五年）

4. 卡尔里拉（Caol Ila）（十五年）

5. 波摩 (Bowmore)（十五年）

6. 布赫拉迪 (Bruichladdich)（十年）

## 7. 布纳哈本 (Bunnahabhain)（十二年）

刚喝的时候有一股强烈的土腥味儿，涩嘴刺舌。随后慢慢变得圆润，口感柔和起来。波摩正好介于二者之间，平衡得恰到好处，即所谓"分水岭"。但无论味道变得如何轻淡和柔润，那种"艾雷味"依然如烙印一般久留不去。

最烈性的"阿贝"诚然个性十足魅力十足，但若每天只喝这个，未免感到厌倦。打个比方，在一个令人很想倾听以纤纤十指曳出淡淡夜光的间隙的彼特·塞尔金[1]的《哥德堡变奏曲》——而不是使得魂灵的每一根游丝历历浮现出来的格伦·古尔德[2]的《哥德堡变奏曲》——的安详静谧的夜晚，我也很想一个人静静地斟上一杯漾出花束微香的布纳哈本。

就是这样，我首先为这么一座小岛竟有若干家个性上"井水不犯河水"的酒厂感到惊异。当然从理论上讲，由于木桶的选法、所用河水的品质、泥炭的用法用量以及仓库贮放倾斜度

---

① 美国钢琴家（1947—　）。
② 加拿大钢琴家（1932—1982）。

此次旅行中品尝过的艾雷威士忌

波摩酒厂的蒸馏瓶

的不同，酒味特征都会有很大程度的变化，但我觉得，每一种酒实际上都已超越了这些具体因素，而具有各自的生态、各自的哲学。任何厂家都没有"适可而止"的马虎念头，都不甘于平庸，都在认真选择自己赖以立足的位置并固守不放。每个酒厂都有自己的处方，所谓处方也就是活命方式，它类似一种取舍的价值标准，若什么都不舍弃，便什么都不能获取。

"大伙儿只要闭着眼睛喝一口，就能一下子猜中是哪种威士忌吗？"一次我试着问道。虽然我知道这么问本身就是愚蠢的，但这个问题在心里实在憋久了。

"当然，"吉姆·马丘恩面无表情地回答，"当然！"

吉姆是我去参观的波摩酒厂的经理，生在艾雷岛，从曾祖父那代起就在这家酒厂做，酒厂即是他的人生、他的宇宙。他的相貌颇像阿尔巴特·菲尼，蓬蓬松松的硬发，蓝眼睛，总是笑眯眯的，十分和蔼可亲，但一谈起威士忌，他的眼神顿时认真起来。

吉姆进这酒厂之初是当木桶工人，就是天天做木桶。波摩酒厂至今仍在用俄勒冈松木制作发酵槽，一看就知是庞然大物，年轻时吉姆也帮忙做槽来着。"这东西做起来毕竟不易。"他说。发酵槽已经平安无事地连续用了几十年，不用说，吉姆像对待家庭成员一样爱惜这发酵槽。

"对我们来说，木桶是非常重要的东西。"吉姆说，"在艾雷，木桶是有呼吸的。仓库位于海边，雨季时，木桶一个劲儿吸入海风；到了旱季（6、7、8月），威士忌又从里面一下接一下把海风推还出去。艾雷特有的自然芳香就在这种反复当中形成了。这样的芳香使人心情平和，得到安慰。"

他的造桶师傅每天必喝两杯威士忌，不多喝也不少喝，活到了98岁。吉姆说："只要去威士忌沉睡着的仓库，即使是现在，每到半夜也能听到他的脚步声。不会听错，他的脚步声很有特点——死后也在查看酒桶。"

吉姆在波摩酒厂作为木桶见习工干满六年后，当上了正式木桶匠人。之后去格拉斯哥做兑酒工，能将三十多种单一麦芽和谷粒混兑在一起。这项技艺是最高机密，不能告诉任何人。兑酒师不能过多喝酒，以免弄坏了鼻子。后来他返回了波摩。

"我所以喜欢造威士忌，是因为这活计很浪漫。"吉姆说，"等

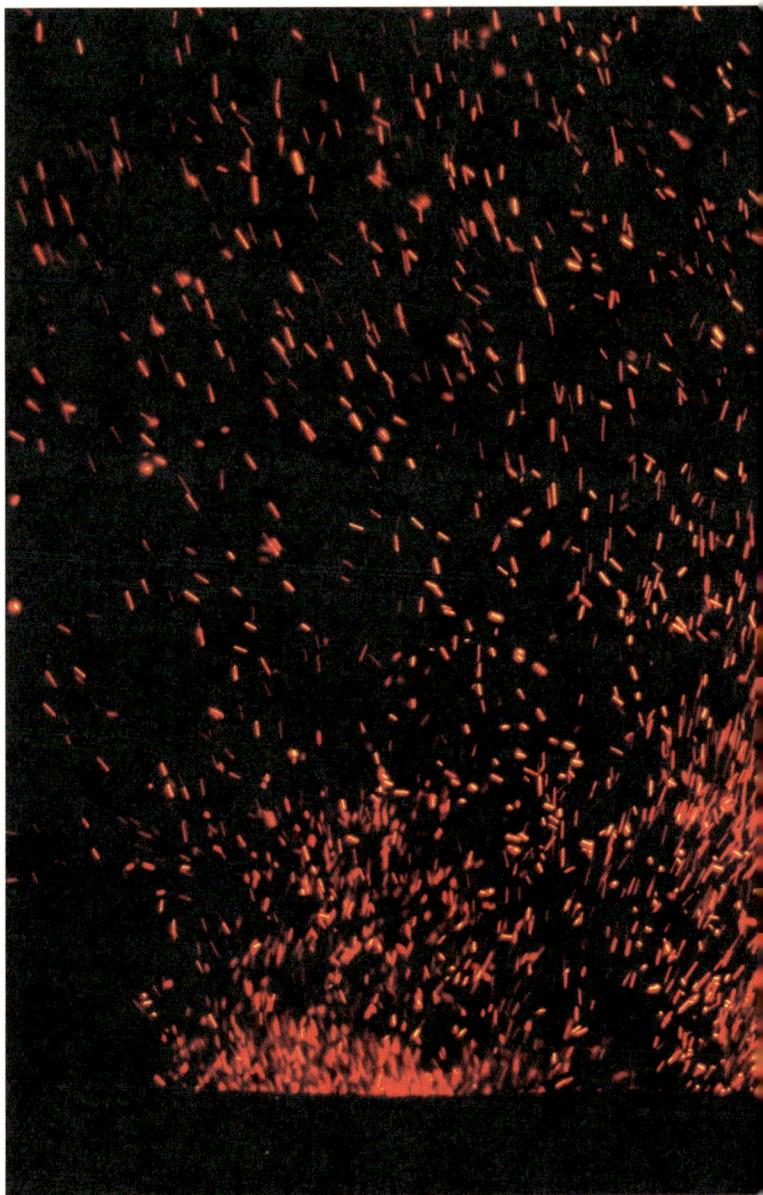

波摩酒厂。烧泥炭的火焰

如果我们的语言是威士忌 31

村上春树同吉姆·马丘恩在郊外玩滚球游戏

我现在酿造的威士忌拿到世上的时候，有可能我已不在这个人世了，但那东西是我酿造的，你不认为这很妙？"

对了，也许您（没喝过艾雷酒的您）会问我"艾雷怪味"是怎么个味道，而那是很难用语言表述的，还是要实际喝一喝才行。喝之前先把鼻子凑到杯口闻它的气味。那是一种独特的气味，多少有点怪，感觉上大约接近海滩味、潮水味，和一般威士忌味有很大差别。而这"怪味"恰恰是艾雷威士忌的基调，即巴罗克音乐所说的通奏低音，在此基础上才能加入各种乐器的音色和旋律。

其次要细细品味，这点至为关键。

喝第一口时，你很可能觉得奇怪：这到底是什么呀？但第二口时你大概就会这样想：唔，有点怪，但不坏么！果真如此，我可以以相当大的概率断言——第三口时你肯定会成为艾雷单一麦芽威士忌迷。我所经过的正是这一程序。

"海滩味"绝非无稽之谈。艾雷岛风大，宿命般地刮个不止，浓浓的、夹带着海藻味的强烈海风差不多给岛上所有的东西都带来了深刻的烙印，人们称之为"海藻香"。去艾雷岛住一段时间，你就会知道那种气味是怎么一个东西，而知道了那种气味，你就能——作为实际感受——理解艾雷威士忌何以有那么一种味道。

海风深深沁入泥炭，钻入地下的水（这里经常下雨，水量充沛）染上了泥炭特有的气息。绿色的牧草也日夜吸入海风，而牛羊吃这牧草长大，肉也因而带有了大自然丰富的咸味——当地人这样强调 ※。

有机会去艾雷岛的人务必尝一下生牡蛎。本来 6 月不是适合吃牡蛎的季节，但尽管如此，这里的牡蛎还是十分美味，味道和其他地方吃到的牡蛎大不一样。没有腥味，个儿小，带一股海潮清香。滑溜溜的，但有咬头 ※※。

"往牡蛎上浇单一麦芽威士忌更好吃。"吉姆告诉我，"这是艾雷岛独特的吃法。试一次你就忘不掉。"

我于是照做。在饭店要了一盘生牡蛎加两杯单一麦芽威士忌，把威士忌满满地浇在壳中的牡蛎上面，直接放到嘴里。唔，

※ 而且艾雷岛的牛羊喜欢吃海藻，这是我亲眼所见。牛羊在退潮后的海滩上低头大吃海藻，光景很有点儿不可思议。

※※ 吉姆说这里的牡蛎味道偏咸，爽口，之后咧开嘴角补充了一句："正如苏格兰人的脾气。"

实在好吃得不得了。牡蛎的海潮味和艾雷威士忌那海雾般独特的氤氲感在口中浑然融为一体。不是哪一方靠近，也不是哪一方接受，简直就像传说中的崔斯坦与易梭德①一样。然后我把壳中剩的汁液和威士忌一起"咕嘟"咽下。如此俨然举行仪式一般重复了六次。真可谓人间天堂！

人生是如此简单，而又是这般辉煌。

艾雷岛是个美丽的岛。民居整洁，墙壁涂的颜色全那么鲜艳，想必人们一有时间就重涂 ※。漫无目的地穿街走巷悠然漫步之间，足以感觉出自己的心情一点点趋于平静。雪白雪白的海鸥落在房脊和烟囱顶上，一动不动地凝视着远方，凝视着在省察与无意识之间曳出的那一条线，不时突然想起似的升上天

※ 当地人告诉我，对于生产威士忌的人来说，一年中有六个月甚至九个月基本无事可干，都闲着。夏天河水温度上升，不适于造酒加之这一时期若用水过多，河水势必减少，致使马哈鱼无法沿河而上，所以酒厂都处于开门停业状态。这期间人们就重涂墙壁颜色，由此岛上人家的墙漆便时时鲜艳夺目了。事情的确不坏。不过，工匠们一到9月就兴冲冲地返回工作场所："啊，这回好了，不用给房子涂漆了！"

———————————

① Fristan and Isolde, 瓦格纳同名歌剧中的男女主人公。

空，乘着强风飘然飞去。

街上几乎空无人影。偶尔遇到，人们都笑吟吟地寒暄，无论是小孩还是老人。镇子的确小，走在街上，可以嗅到从酒厂方向随风飘来的煮发酵麦芽时的独特气味。我是在大阪神户一带长大的，不由想起滩①酒制造厂飘出的那股香味。

教堂后面的墓地里排列着古旧的海上遇难者墓碑，上面没写名字，只刻有遇难日期。这一带暗礁多，海流急，气候又过于恶劣，航行中常与危险相伴，不熟练的水手自不用说，即使熟练的本地水手也是……况且一次和二次大战期间岛的附近海域有过无数次激战，一次德国潜水艇的鱼雷撕开了运输船队，数日后有很多尸体飘到艾雷岛海岸。这些令人悲伤的海难成了传说，在岛民中间世代流传，你也会在街上的酒馆里听到类似的故事。若去岛上小小的纪念馆，还可以看到一张张沿岸沉船的照片。岛虽然丰饶美丽，但也有静静的悲哀如海藻味一般挥之不去，不论你喜欢不喜欢。世界上有多少岛屿，就有多少岛上悲哀，旅行当中每每为之感到不可思议。

———————
① 大阪附近的地名。

"葬礼上我们也喝威士忌。"当地人说,"墓地的埋葬完毕后,就有酒杯发到大家手里,满满地斟上本地威士忌。人们一饮而尽。从墓地回家的路上很冷,需要用酒温暖身体。喝罢,大家把酒杯用力摔在石头上,威士忌酒瓶也打碎了,什么也不留下。这是规矩。"

婴儿降生时,人们斟满威士忌举杯庆祝;人死时,大家默默地把威士忌杯喝空:这就是艾雷岛。


我在艾雷岛参观了波摩和拉弗格的酒厂。令人惊奇的是,尽管同在一座小岛,两家酒厂的风格却截然不同。波摩采用"古色古香"的作法※,说顽固也好什么也好,总之时代变了而作法就是不变:手动"翻料"的老式"耥垄犁"、使用传统木桶的发酵槽、决不动用铲车而用手轻轻滚动木桶的贮酒库。干活的多是老年人,他们生在艾雷长在艾雷,想必也将在艾雷终了此生。他们怀着自豪和喜悦在这里劳作,这点从他们脸上也看得

※ 无须说,岛上各酒厂之间的竞争意识还是有的,全都各怀自信酿造着自家的酒,理所当然会有竞争意识。但与此同时,伙伴意识和连带感也很强,富于协作精神,哪家酒厂发生故障,立即会有人放下手中活计跑去支援这是岛上的道义和规矩。

波摩酒厂的"翻料"名人

波摩酒厂的"翻料"作业

出。专门"听桶音"的老伯手中的木锤已磨去三分之一。干活人数全部加起来差不多八十人。我不晓得这种传统的（相当低效）程序能实际维持多久，但只要仍在维持，那种美好的静谧就会一成不变地存在于那里。扰乱静谧的大概惟有拍岸的涛声和老伯时而用木锤敲击木桶的声响。

实际喝起来，在波摩的威士忌里能感觉出人的手的温煦，那里没有"是我是我"一类咄咄逼人的表白，能一言蔽之为"就是这个"的因素也很稀薄，相反，那里有坐在火炉前看昔日朋友来信时的那种恬静的温情和思念，较之在热闹场合痛饮，更适合在熟悉的房间里用熟悉的杯子独自悠然品味，那样的话味道要鲜活得多。就像听舒伯特绵长的室内乐，须闭起眼睛吸一口长气来品味——酒的底味会因此深一两个层次，真的。


同波摩酒厂的古典方式相比，拉弗格※的作法远为现代化。传统的"耥垄犁"固然在使用，但其他工序几乎全部用电脑严

※拉弗格在很长时间里是唯一作为单一麦芽威士忌瓶装出售的艾雷威士忌，现在也是机场免税店里卖得最多的名牌。

格控制。发酵槽是闪闪发光的不锈钢（管理和维修都简单），仓库管理也更为机械化、更有效率。造酒的浪漫氛围在那里——至少表面上——几乎找不到。员工仅二十一人。的确比波摩效率高。干活的员工多数穿白大褂，戴口罩，几乎看不见口罩里面的表情。如此说来，在波摩没看见谁戴口罩。这里生产的单一麦芽百分之九十外销作混合酒，剩下的百分之十用来制作自家品牌。

我和拉弗格酒厂经理伊安·亨达逊交谈过。他头发已经开始稀疏，是所谓好人家出身的人，长相颇像英国影片中演配角的性格演员。虽然不是艾雷出生，但和吉姆一样，也是走着一条道的威士忌人生。八年前开始在拉弗格工作。交谈一开始有几分羞赧，多少带有事务性语气，但谈到威士忌时，（同吉姆相反）表情渐渐放松，一如法拉利车主谈起有脾气的六速变挡。"你问百分之九十外销作混合酒用是不是可惜？当然可惜，毕竟单一麦芽好喝，我也只喝单一麦芽。"

他继续介绍："我们之所以在蒸馏工序中积极采用电子计算机，是因为这样管理更到位。归根结蒂，我们的目的是跟上时

拉弗格酒厂

代步伐造出好喝的威士忌，也就是说总在摸索新的方法。其实，本世纪中叶接手这家酒厂并大大拓展经营规模的是一位女性经营者。由女性指挥造酒，这在苏格兰威士忌历史上是罕有其例的，但她把新方法大胆引进到拉弗格酒厂，结果取得了成功。这种进取精神，可以说是我们的传统。"口气虽然冷静，但此人也顽固得可以。苏格兰人各有其顽固之处，有时候真想用敲桶的木锤敲其脑袋，看发出怎样的声音。

他说："别说那么多，先喝酒。我们要做的，一喝便知。"

果然，拉弗格自有非拉弗格莫属的味道。十年陈酿有十年的顽固味，十五年陈酿有十五年的顽固味，各有千秋，绝无曲意阿世之处。以文章来说，相当于海明威初期作品中那种入木三分的笔触，不华丽，不用艰深字眼，但准确刻画出了真相的一个侧面，不模仿任何人，可以清晰看出作者的面目。以音乐而言，就是加入乔尼·格里芬的塞隆纽斯·蒙克[①]四重奏，而十五年陈酿或许更近乎加入约翰·科尔特兰[②]的塞隆纽斯·蒙克

① 美国爵士乐钢琴手 (1920—1982)。
② 美国爵士乐萨克斯管手 (1926—1967)。

如果我们的语言是威士忌　　*49*

四重奏，二者都精彩得难以割舍，只能以此时彼时的心情加以选择。

"很难说哪个好。哪个都好，哪个都可以明确品出 (palpable) 味道的个性。"我坦率地说。

伊安这才露出微笑，点了下头："这就对了。别用脑袋这个那个考虑那么多，也用不着看说明书，跟价格更没关系。多数人以为年头越多越好喝，但并非那样。既有岁月使之得到的，又有岁月使之失却的。蒸发有其增加的东西，也有减少的东西。终究不过是个性差异而已。※"

交谈就此结束。在某种意义上是哲学，在某种意义上是神谕。


最后一点是波摩酒厂吉姆·马丘恩先生道出的艾雷哲学（神谕）：


※ 在拉弗格拿到的小册子上这样写道："所有工序结束之后，剩下的惟有等待。威士忌需要在橡木桶中由来自大西洋的新鲜冷风吹拂十年才能成熟，不妨称为兄长的'十五年酿'还要等五年，总之岁月漫长，然而值得等待。"

"人们从各个角度详细分析了艾雷威士忌的特殊味道：大麦品质如何，水味如何，泥炭味如何……是的，这座岛上是出产优质大麦，水也极好，泥炭厚润清香。全然不错。但这些不足以说明岛上威士忌的味道，解释不了它的魅力。最关键的是，村上先生，最后来的是人。是居住在这里生活在这里的我们酿造了这种威士忌，是人们的个性和生活样式造就了它的味道，这是再重要不过的。所以，回日本你一定要这样介绍——是我们在这座小岛上酿造了香醇可口的威士忌！"

　　于是，我照写下来，一如忠实的女巫。

爱尔兰

图拉多
是怎样在罗斯克里的酒馆里
被那位老人喝掉的?

说得极端些，从爱尔兰回来后才感叹：啊，爱尔兰实在是个美丽的国家！当然，实际身临其境时头脑里也可以理解她的美丽，但深深地真切地明白其美丽莫如说是在离开之后。

从都柏林乘飞机越过大海降落在伦敦盖特威克机场（Gatwick Airport），从通往伦敦的高速公路上看到的树木绿色（若从东京来，看上去倒足可算是厚重的田园之绿）总好像浅薄不堪，灰头土脸，几乎叫人情不自禁地揉眼睛。于是我们叹口气回想：啊，爱尔兰的绿是多么鲜亮、多么舒展、多么深邃啊！

爱尔兰的山川风物，整体上有那么几分腼腆，她不直接要求我们像面对埃及金字塔、希腊神殿和尼亚加拉瀑布那样特地发出感叹、表现出激动或沉思。去哪里景色都很漂亮，奇怪的是却很难成为风景明信片。爱尔兰的美带给我们的，较之激动和惊叹，更接近于医疗或镇静作用。世上有这样一种人（不是

凯里环 (Ring of Kerry) (位于爱尔兰西南海边——译注)

很多），开口讲话固然需要一点时间，但一旦开口，便以沉静温和的口吻讲得妙趣横生——爱尔兰多少与此相似。

这种沉静温和的爱尔兰式日日夜夜一个又一个默默地加积在周游爱尔兰的我们面前，置身于这个国家，自己也在不知不觉之间渐渐放慢了说话和走路的速度，望天看海的时间渐渐多了起来。而稍后我们才切实感觉到：那是何等可贵的日子。


在爱尔兰旅行最好的办法还是租一辆车，去乡下随心所欲地慢慢游逛。以尽可能选择旅游淡季、一天行进的距离尽可能短些为好，不要贪心着这也想去那也想去。遇上可心的地方，最好就地停下，什么也不做，一连发几个钟头的呆。

不要预先订旅馆，走到哪里就在哪里物色看上去不错的住处，很容易找到。附近若有味道好的餐厅酒馆，就进去喝啤酒、吃晚饭。饭前或饭后喝一杯——两杯也无妨——爱尔兰威士忌。

"You need cube( 要冰么 ) ？ "主人这样问你。

"No thanks. With just water, please. ( 不，光水就可以了。)"你回答。

主人会意地微微一笑 ※，端来足足装有 120ml 的爱尔兰威士忌的大号玻璃杯（恐怕还有装 180ml 的），旁边放一小壶水。当然是自来水，不会上矿泉水那类煞风景的货色，因为自来水活生生的，好喝得多。

当地人喝威士忌基本上是半对半地兑水（苏格兰的艾雷岛也是如此）。约翰·福特以爱尔兰为背景的电影《蓬门今始为君开》(The Quiet Man)※※ 里，有人劝巴里·菲茨杰拉德喝威士忌："要水？""想喝水的时候我只喝水，想喝威士忌的时候我只喝威士忌。"他回答。作为电影场面虽然生动有趣，但实际上那样的人莫如说是少数派，大部分人则加少量的水。"那样才能喝出威士忌味儿。"他们说。

我一般干喝一半。也许是天生小气的关系，总觉得好东西

<hr />

※ 当地人固执地认为喝好威士忌加冰好比把刚烤好的馅饼放进电冰箱，所以在爱尔兰和苏格兰去酒馆最好别要冰，这样被当作"文明人之一员"对待的可能性就大大提高了。

※※ 每次遇上分外讨厌的事，我就用录像带看《蓬门今始为君开》。所以（理所当然）不知看了多少遍，可谓百看不厌。看的过程中，我能感觉到自己焦躁不安的心一点点安静下来，会告诫自己不可对那种无聊小事耿耿于怀，并且这样对自己说：好了，往下也得好好活去！在爱尔兰，无论去哪里都有《蓬门今始为君开》那般秀美恬适的风光，令人身心愉快。

丁格尔半岛 (Dingle)（位于爱尔兰西南——译注）加勒鲁斯小教堂

用水掺和了未免可惜，横竖得干喝掉一半，然后停顿一下，加水进去，将杯子绕着大圈摇晃。水在威士忌中缓缓旋转，清澈的水和动人的琥珀色液体描绘出了由比重差带来的流畅纹路，稍顷融为一体。那一瞬间甚是美妙。

约四点钟时到达目的地，找旅店住下。冲罢淋浴，信步踱入旁边的酒馆。晚饭前要先喝一品脱黑啤。这个时间酒馆人最少，基本是空无一人，主人在里面百无聊赖地看报纸或看电视。若想打听当地情况，向他搭话即可，例如哪家餐馆味道最好，哪里有名胜古迹等等。对方肯定热情回答。喝完美味的啤酒，稍事休息，再慢悠悠上街散步，窥看店铺之类，物色看上去不错的餐馆，肚子也渐渐瘪了。这是旅行当中最快乐的时刻。到六点半，坐在找好的餐馆的椅子上，拿起食谱，研究吃什么合适。

进餐一般点葡萄酒 ※，但先从爱尔兰威士忌开始也可以，留在饭后也行。另外，饭后来一杯贵些的爱尔兰咖啡也是一策。

※ 爱尔兰虽然几乎不产葡萄酒，但进口的应有尽有。哪家餐馆的葡萄酒目录都相当充实，大多数人边喝葡萄酒边进餐。

这方面的搭配让人好生踌躇（虽然也无须循规蹈矩）。总之旅行当中对此类事情每天总要这个那个细加琢磨，如此这般、这般如此，这也不是、那也不可……

以我个人的——终究是我个人的——口味来说，适合饭前喝的爱尔兰威士忌一般有：

尊美醇 (Jameson)

图拉多 (Tullamore Dew)

布什米尔 (Bushmills)

适合饭后喝的大致有 ※：

※ 爱尔兰威士忌有这六个牌子，但现在差不多出自同一厂家。原本六个牌子产自不同地区的不同厂家，后来为了夺回受苏格兰威士忌挤压而萎缩下去的爱尔兰威士忌地盘，便从经济效益的观点出发进行横向联合，在“爱尔兰酿酒厂”的招牌下统一生产过程。因为各自为政的小酒厂已无法经营下去。当然，每个牌子所用的原料成分不同，蒸馏器使用顺序、酒桶材质以及贮放方式各不相同，因此而来的味道也截然有别。我参观了规模最大的米德尔顿（爱尔兰南部的城市——译注）酿酒厂。工厂已完全实现电脑管理，一看便知生产效率很高，宣传上也加大了力度，因而近年来爱尔兰威士忌在国际市场上迅速崛起。不过坦率地说，工厂看起来没多大意思，感觉不出人情味。

帕地 (Paddy)

鲍尔斯 (Powers)

布什米尔单一麦芽 (Bushmills Malt)


总而言之，前者属于"激爽"系列，后者为"圆润"系列。当然如果整个儿颠倒过来，饭前喝"圆润"饭后来"激爽"，也不会有谁挑刺儿。没什么特殊规定，一切纯属个人喜好。


我在科克①机场租车点租的车是日产 Almera。车头设计多少有所不同，但从大小来说，大约相当于日本所说的 Sunny。老实说，租的时候有些失望，心想原来还是什么 Sunny( 因为过去租过几次 Sunny)。不过实际开着旅行，竟比预想的令人激动得多。

在手动变速上，也许稍微调整过变速比，用力一转，立时

如果我们的语言是威士忌　　73

进入下一档——已经顺利改换成欧式了。如此有节奏地拖着马力不大的引擎在苍翠的田间小道上轻快地行驶，深切地感到"唔，自己是在这么活着"。虽然都是出租用的 Sunny，但风格同在美国或日本租的全自动型（那只不过是移动的手段罢了）完全不同。

不过在爱尔兰开车兜风，最让我吃惊的是大家都能开出速度。在勉强擦肩而过的乡间窄路上，当地人无不"飕"一声疾驰而去，感觉上同《快跑啊，梅洛斯》无异。我想自己开得也够快的了，但还是不断被人超车。若被宝马或保时捷超过倒也罢了，不料"好歹能跑"的前几代小车也接连把我甩在后头，若是不能超车的山道便在后面紧催。爱尔兰人平时在街上见到都十分亲切，一脸笑容，而一旦手把方向盘就判若两人了。

继续说酒。到底是爱尔兰，不光威士忌，世涛（黑啤）也甚为可口。在爱尔兰进酒馆，首先吃惊的是各家拿出的世涛味道完全不一样。温度不同、斟法不同、酒杯不同、发泡不同——这些差异聚在一起，最终让人觉得根本没有同一种味道的啤酒，而是一会儿像英格丽·褒曼的微笑一般悄然变得柔润生辉，一会

儿像玛琳·奥哈拉的嘴唇一般紧紧抿起，一会儿像劳伦·白考尔的眸子一般浮起无可捉摸的冷静（我也觉得解释啤酒味道用女演员打比方并不确切，但别无他法）。总之，那里没有所谓"此为正确"的啤酒的一定之规。如果一家酒馆主人以为"我这里这么做是正确的"，那么他的啤酒局部上就是正确的了。由此，在这个爱尔兰世界，有无数的酒馆式正义并行不悖。国家人口如此之少，酒馆却如此之多，又居然都开得下去，我对此甚是佩服，而实际上，这些酒馆都开得不错，想必人们都能喝酒，且口味泾渭分明。

在爱尔兰旅行，每有机会我就走进小镇的酒馆，每次进去都尽情领略酒馆自成一统的"日常风情"，就好像进入眼前的一座森林，坐在木桩上将那里的空气满满地吸入肺腑。一座森林有一座森林的气息。这个镇的酒馆里会有怎样的人，到底会端出怎样的啤酒——如此想着度过一晚，乃是我一个小小的乐趣 ※。

※ 我很想在酒馆里好好听一次凯尔特音乐，但几乎所有地方的酒馆都快到半夜才演奏音乐。遗憾的是，一向早睡早起的我等不到那个时候。等再长大一些（开玩笑），很想熬到深夜听上一次。

酒馆是很有深度的地方，可以说如《尤里西斯》一般深。富于比喻性、寓言性、片断性、综合性、悖论性、呼应性、相互参照性、凯尔特①性、通用性。

在爱尔兰中部一个叫罗斯克里（Roscrea）的小镇留宿时，去了旅店旁边的酒馆——时值晚上九点来钟，吃过简单的晚饭后觉得心里空落落的，很想一只手拿着书喝上一杯。酒馆里人很多，我在柜台前要了布什米尔，一个人怅怅地喝着，这时，一位70岁光景的男子同样一个人走了进来。

一头银发，西装笔挺，打着领带。西装也好衬衫也好领带也好无不中规中矩，整洁得体，可谓一丝不苟。但凑近细看，不难发觉每块布料上都已浮现出无法掩饰的疲惫。当然它们各自有过光彩照人的日子，但我敢花点儿钱打赌：那辉煌的日子一定发生在吉米·卡特就任美国总统之前。当然我是说如果有人跟我赌的话。

从年龄上可以推测他恐怕已经退休了，原来做什么工作不

---

① 古代欧洲中西部的民族。爱尔兰语是凯尔特语的分支。

罗斯克里街景

爱尔兰 阿尔代（爱尔兰西南的地名——译注）

在罗斯克里的酒吧。狗的名字叫吉涅斯。左右两幅均为肯梅尔
（爱尔兰西南海边的地名——译注）

丁格尔镇的酒馆

大容易判断，但不曾身居高位这点则不难想象，这从氛围上即可得知，不过在这里多少还可以看到有限意义上的敬意的影子。当地小银行的经理——这是有可能的。抑或是开殡仪馆的？如此一想，未尝不像。个头不高，即使不算瘦削，可也不胖。没戴眼镜。背挺得很直。问题是他为什么晚间九点以如此郑重其事的装束走进酒馆呢？

他站在我旁边（我坐在高脚凳上），一只手放在柜台上，以确认风标鸡尾巴位置的眼神看着调酒师。年轻调酒师看样子忙得不亦乐乎。没办法。他看着旁边的我，咧嘴一笑。我也一笑。之后他同调酒师目光相遇，从衣袋里掏出若干枚硬币排在台面上。"咯噔"一声好听的脆响。想必他是事先数好金额放进衣袋里的。

调酒师脸上浮起仿佛用标尺精确测算过的短暂而简洁的微笑，从倒吊的 bottle（酒瓶）中斟了一大号杯的图拉多，连同纸杯垫一起放在他面前，钱没细数就拿去了一边。这时间里，调酒师一言不发，男子也一声不响。这似乎是这里无数次周而复始的习惯性动作，一如潮涨潮落。这是我的正当推论。只要不用什么精神感应之类特殊的反现代通讯手段，谁都会得出这样的结论。

老人把威士忌杯拿在手里，静静地端到唇边。没有兑水，也没要酒后水。酒馆里十分嘈杂，但看样子他几乎不以为意，也不像多数人常做的那样靠着柜台回头四下打量。那里存在的，唯独他和他手中的杯。纵然酒馆里除他再无客人，想必他也毫不理会。

看上去，他来这里似乎不是为了找聊天对象或老朋友，或者说他有没有所谓老朋友都很可疑。但有一点我可以保证：这意味着他已彻底放松。而目睹如此放松之人的机会，在漫长的人生中恐怕不会有多少次——他便是放松到如此程度。他喝了大约十二分钟（我当然没有细看时间，只是大约），喝一口思考什么，又喝一口又凝思什么。至于他思考的是什么，我自然无从得知。也许在想巴德·鲍威尔左手叩击和音的节奏到了晚年有时尤为滞后是有意为之还是纯属技术原因，或者在琢磨昨晚泰森在拉斯维加斯拳击场上咬掉对方耳朵是不是减量造成的精神紧张。总之无由得知。但不管怎样，他在喝图拉多的空当时

由左至右：布兰登·贝汉、乔伊斯、王尔德

丁格尔镇的酒吧

间里，是在执著地思考着什么（或者说在思考什么的空当时间里喝图拉多）。总的说来，我无端地觉得他是在就形而上的问题或反实践的问题进行周密的求证。

与此同时，我"啪啦啪啦"地翻着苏格兰作家威廉·麦克布尔尼（William Mcilvanney）的小说《托尼·贝伊奇写的东西》。但由于被他所吸引，几乎没有进展。

但不久杯子喝空了。该到的时刻到来了，一如涨满海湾的潮撤退了。确认彻底喝空之后，他如《艾丽丝奇境历险记》中出现的兔子一样瞥了一眼手表，再次朝我微微一笑。我也只好报以一笑。他脸上漾出满足的神色，那微笑告诉我，他在恰到好处的时间里喝光了恰到好处的量的酒。十全十美。之后，他缓缓地收回放在柜台上的左臂，穿过人群，快步出门。

他离开后的空间留下了短暂的不成条理的间隙。怎么说呢，像是逻辑上无法消解的和音那有欠谐调的余响……但那也很快如水面的波纹一般渐渐平复，最终归于消失。

不久我的杯子也空了。我返回旅店房间，"窸窸窣窣"地钻进小床，闭起眼睛，什么也不再想。脑海里还多少剩有酒馆的

嘈杂、身穿过时西装的老人的微笑以及布什米尔威士忌的余味，但入睡并没花多少时间。旅行不无舒坦的疲劳和爱尔兰威士忌恰到好处的醉意把我拖入了睡眠的温暖泥沼。醒来时，到处充溢着爱尔兰夏日的阳光，餐厅里已准备好热咖啡和热气腾腾的早餐 ※。于是我迈进了旅途的新的一天。

　　我深信，那位身穿很有年头的西装的小个子老人现在大概也在同一家酒馆的柜台前同样斜拿着图拉多威士忌杯继续认真思索着什么。我可以让那光景历历浮现在眼前。

　　尽管实际目睹时并未觉得特别不可思议……

---

※ 爱尔兰的早餐非常可口，量多得简直吃不掉，正可以省去午餐（代之以喝一杯吉尼斯黑啤）。食谱有热燕麦片粥和糖水煮杏、刚烤好的小圆面包和吐司、自制香肠和水煮荷包蛋，还有咖啡。美上天了。

# 代后记

我同艾雷岛波摩酒厂的吉姆·马丘恩交上了朋友，在郊外草地上一起玩滚球游戏，中午就没完没了地喝酒，喝罢翻山去看海豹（遗憾的是那天没有海豹）。临走时，"这个给你！"——作为礼物他送给我一瓶波摩二十一年陈酿，乃最高等级。"为了纪念 21 世纪的开始，在东京打开来喝。喝的时候别忘记这座小岛！"他说。为此我把这瓶酒放在自己家里，藏在壁橱最里边以防别人喝掉。肯定好喝。

不过从经验来说，我觉得酒这东西　　无论什么酒——还是在产地喝最够味儿，距产地越近越好。葡萄酒自不用说，日本酒也是如此，甚至啤酒也不例外。而距产地越远，酒赖以成立的什么就好像一点点变得淡薄了，如人们常说的"好酒不远行"。大概运输和气候的变化会使味道有所改变，也可能失去了

An Gobán Saor

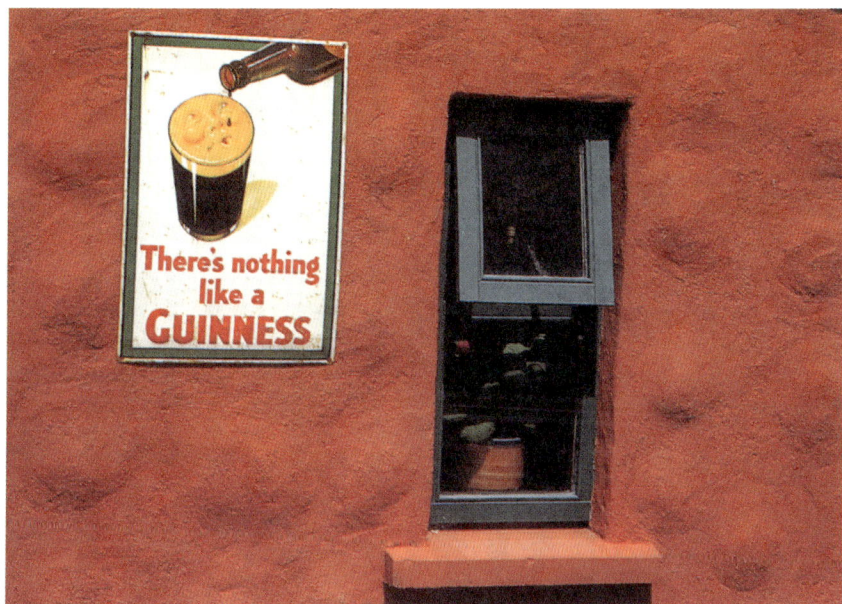

作为日常实感形成的饮酒环境，酒的口感会发生微妙的、大约是心理上的变异。

在东京的酒吧里喝单一麦芽威士忌。我常去的酒吧里摆着一排旧瓶单一麦芽威士忌，喜欢喝什么就可以拿起什么，的确是难得的享受。如今只要望着不常见的瓶子标签都会心情愉快。不过，喝的时候我总是想起那座爱尔兰小岛的风光。对我来说，单一麦芽威士忌的味道同那风光已经密不可分地连在一起了。海面上吹来的强风撩起一片绿草，奔上徐缓的山坡。火炉里，泥炭发出柔和的橘红色的光。家家户户色彩艳丽的房顶上分别蹲有一只白色的海鸥。酒通过同风光的结合，在我身上活生生地焕发出了其本来的香醇。

爱尔兰酒也一样。每次在什么地方喝起尊美醇和图拉多，我都会想起那座爱尔兰小镇上各式各样的酒馆。那里融洽的气氛和人们的面影在脑海中复苏过来，威士忌在我手中静静地露出笑容。

于是我再次感到旅行是多么美好。旅行带给我们只能留在心里的、因而比什么都宝贵的东西，带给我们即使当时觉察不

到，但事后也会领悟的东西。如果不是这样，还有谁会旅什么

行呢!

**图书在版编目（CIP）数据**

如果我们的语言是威士忌／（日）村上春树著；（日）村上阳子摄；林少华译.
— 上海：上海译文出版社，2013.10 （2025.3重印）
ISBN 978-7-5327-6323-8

Ⅰ.①如... Ⅱ.①村...②村...③林... Ⅲ.①随笔－作品集
－日本－现代 Ⅳ.① I 313.65

中国版本图书馆CIP数据核字（2013）第161147号


MOSHI BOKURA NO KOTOBA GA UISUKI DE ATTA NARA
by Haruki Murakami
Copyright © 1999 Harukimurakami Archival Labyrinth
All rights reserved.
Originally published in Japan by Heibonsha Ltd., Publishers, Tokyo.
Chinese (in simplified character only) translation rights arranged with
Harukimurakami Archival Labyrinth , Japan
through THE SAKAI AGENCY and BARDON CHINESE CREATIVE AGENCY LIMITED.

Photograph © 1999 Yoko Murakami


图字：09-2003-322号


**如果我们的语言是威士忌**
〔日〕村上春树 著 〔日〕村上阳子 摄影 林少华 译
责任编辑／沈维藩 装帧设计／张志全工作室

上海译文出版社有限公司出版、发行
网址：www.yiwen.com.cn
201101 上海市闵行区号景路159弄B座
上海中华商务联合印刷有限公司

开本 890×1240 1/32 印张3.5 字数16,000
2013年10月第1版 2025年3月第14次印刷
印数 47,801-51,800册

ISBN 978-7-5327-6323-8
定价：45.00元